Oscar Leopold Schäter

Das Verhältniss der drei Geschichtsschreiber des Bauernkrieges

Antigonos

Oscar Leopold Schäfer

Das Verhältniss der drei Geschichtsschreiber des Bauernkrieges

Unveränderter Nachdruck der Originalausgabe von 1876.

1. Auflage 2024 | ISBN: 978-3-38642-329-8

Antigonos Verlag ist ein Imprint der Outlook Verlagsgesellschaft mbH.

Verlag: Outlook Verlag GmbH, Zeilweg 44, 60439 Frankfurt, Deutschland
Vertretungsberechtigt: E. Roepke, Zeilweg 44, 60439 Frankfurt, Deutschland
Druck: Libri Plureos GmbH, Friedensallee 273, 22763 Hamburg, Deutschland

Das Verhältniss der drei Geschichtsschreiber des Bauernkrieges:

—

Haarer (Crinitus), Gnodalius und Leodius

historisch-kritisch betrachtet

von

Oscar Leopold Schäfer.

Jnaugural-Dissertation

ZUR ERLANGUNG DER DOCTORWÜRDE

AN DER

PHILOSOPHISCHEN FACULTÄT DER UNIVERSITÄT LEIPZIG.

CHEMNITZ,

Druck von J. W. Geidel.

1876.

Das

Verhältniss der drei Geschichtsschreiber des Bauernkrieges: Haarer (Crinitus), Gnodalius und Leodius

historisch-kritisch dargestellt.

Bis auf Ranke galten die drei Schriftsteller: Haarer (Crinitus), Gnodalius und Leodius, die den Bauernkrieg noch im 16. Jahrhundert geschildert haben, als selbstständige Autoren, denen man eine gleichmässige Glaubwürdigkeit beilegte.

Wie irrig diese Ansicht war und welche Vorsicht man bei dem Gebrauche derselben anzuwenden habe, erkannte erst Ranke. In einem kurzen Wort (vergl. Ranke: Deutsche Gesch. im Zeitalter der Reform., Bd. VI, p. 98—99, Aufl. I.) legte er dar, was von jenen Werken zu halten sei. Das Studium jener Schriften hatte ihn zu der Ansicht geführt, dass von allen dreien allein die deutsche Bearbeitung von Haarer als eine selbstständige Quellenschrift anzusehen sei.

Jene Ansicht Rankes in ausführlicher Weise zu beleuchten und sie vielleicht in diesem oder jenem Punkte zu modificiren, soll die Aufgabe dieser Abhandlung sein.

Cap. I. Haarer.

§ 1.

Kurze Darstellung der Lebensumstände Haarers.

Ueber Haarers Leben sind uns nur sehr wenige Notizen aufbewahrt. Die ersten Nachrichten verdanken wir Leodius. [1]

Vollständigeres theilt der bekannte Herzogl. sächsische Kanzler und Historiograph G. B. Struve mit, der die Freher'sche Sammlung von neuem wieder herausgab und jedem einzelnen Werke einige kurze biographische Notizen beifügte.

Auffällig ist es, dass Gnodalius, der doch Haarers Werk so gut wie abgeschrieben hat, an keiner Stelle seiner gedenkt. Die kurzen Angaben, die wir über ihn bei Strobel [2] und Sartorius [3] finden, gehen nicht über das hinaus, was wir von Struve lernen.

Das Gelehrtenlexicon von Jöcher sagt nur, dass Haarer in pfälzischen Diensten gestanden habe. Die Ergänzungen dieses Lexicons von Adelung und Rotermund gehen auch mit Stillschweigen über diesen Autor hinweg.

Möglich wäre es, dass sich in dem General-Landes-Archiv zu Karlsruhe, wo sich das ehemalige pfälzische Archiv, mehrere hundert Actenstücke stark, befindet, diese oder jene Notiz fände. Auch die Handschriften, von denen weiter unten die Rede sein wird, enthalten nicht die geringsten Angaben.

Peter Haarer (lat. Crinitus) ist zwischen 1480 und 1490 geboren, das bestimmte Jahr ist bei den unzureichenden Angaben nicht zu ermitteln. Seine Heimath war die Pfalz, vielleicht dürfen wir Heidelberg als seine Vaterstadt annehmen. Ueber seine Jugend und seine Eltern lassen uns die dürftigen Zeugnisse

---

[1] *Praefat. Leodii hist. belli rust.* bei *Freher, Rer. German. scriptores,* Tom. III, pag. 286.

[2] Beyträge zur Litteratur des 16. Jahrhunderts. Bd. II, S. 107.

[3] Sartorius, Versuch einer Geschichte des deutschen Bauernkrieges, S. 397.

völlig im Unklaren. Es ist aber eine naheliegende Vermuthung, dass sein Vater auch in pfälzischen Diensten gestanden und ein ähnliches Amt wie er bekleidet habe. Durch Vermittelung des Vaters kam der Sohn auch an den Hof und erlangte sehr bald die einflussreiche Stellung eines Secretärs und Raths bei dem Kurfürsten Ludwig. Sehr bald hatte er die Gunst und das Vertrauen seines Fürsten gewonnen, und wir finden ihn in dessen nächster Umgebung, wie er ihn denn auch auf dem Kriegszuge im Bauernaufruhr begleitete. Näheres wissen wir nicht. Sein Todesjahr gehört dem zweiten Viertheil des 16. Jahrhunderts an, er mag etwa um 1540—50 gestorben sein.

§ 2.

Schriftstellerische Thätigkeit Haarers.

Obwohl über Haarers Jugendbildung alle Nachrichten fehlen, so lassen sich doch aus seinem Geschichtswerk, wie aus dem Gange der Erziehung in der damaligen Zeit überhaupt die Grundlinien derselben ziehen.

Auch verlangte seine amtliche Stellung eine tüchtige Geistesbildung. Das bedeutendste Bildungselement empfing wohl auch Haarer aus dem Studium des classischen Alterthums, das ja schon damals das wichtigste Bildungsmittel der heranwachsenden Jugend war. Mit ihm zeigt Haarer eine ziemliche Vertrautheit, wie dieses namentlich in seiner Vorrede hervortritt. Auch war Heidelberg als Universitätsstadt der geeignete Ort dazu, da ja in jene Zeit der Anfang der Blüthe jener Universität fällt. Die ihm freibleibende Zeit benutzte nun Haarer, einer Lieblingsneigung zu folgen, historische Studien zu betreiben. Doch auch ihm, wie dem grössten Theil seiner Zeitgenossen, fehlte die pragmatische Auffassung der Geschichte. Er begnügt sich, die einzelnen Ereignisse zu erzählen. Prüfung des vorhandenen Materials oder ein tieferes Verständniss der Dinge oder Personen gehen ihm völlig ab, Vorzüge, die Gnodalius sich wenigstens anzueignen sucht.

Doch sind in seinen beiden auf uns gekommenen Schriften die Dinge in ruhigem Ton klar und anschaulich, in angemessener Vollständigkeit vorgetragen.

Von Werken, die uns Haarer überliefert, werden zwei genannt und wahrscheinlich sind sie auch die einzige Frucht der schriftstellerischen Thätigkeit desselben.

Es werden angeführt:

1) Peter Haarers Reimchronik, die Packischen Händel betreffend.

Die Originalhandschrift befindet sich zu Strassburg. Der Inhalt dieser Schrift betrifft den Pfalzgrafen Ludwig V, dem der Beiname des Friedfertigen von seinen Zeitgenossen gegeben wurde, nur insofern, als er zur Beilegung dieser Händel beitrug. Haarer nennt sich zwar in der Schrift nicht als Verfasser, giebt aber den Pfalzgrafen als seinen Herrn an und nennt alle Räthe desselben, nur seinen Namen verschweigt er aus unbekannten Gründen; wir wissen nun aber, dass er auch ein Rath dieses Fürsten war, demnach ist er einzig und allein der Verfasser dieser Schrift. [4])

Ich füge ein Stück aus dieser Chronik bei:

> „Besonders sich pfalzgraf Ludwig
> erhub mit seinem Zeug, was lustig
> von graven, herren, edlen und rathen
> die sich wohl gewappnet hatten,
> ritt zu Heydelberg am montag aus
> nach Exaudi den Neckar hinaus,
> über Winterrauch und Ottenwald,
> da kamens, wie das, was bestaldt
> in der Stadt Wertheim an den Mayn
> die zween churfürsten wieder zu ein,

---

[4]) Vergl. Ranke: Deutsche Gesch. im Zeitalter der Reform. Berlin 1839, Bd. III, S. 38, Bd. IV, S. 240.

> am mittwoch doch ward underwegen
> dem pfalzgraf, als er zu Buschheim gelegen
> ein Ausschreiben sambt einen brief."

Eine andere Handschrift dieser Chronik findet sich zu Heidelberg. (*Cod. Pal. Germ.* 318 v. Jahre 1519 in Fol. auf Papier). Ob und wie dieselben dann gedruckt, ist mir nicht bekannt geworden.

> 2) „Der Bawrenkrieg / das ist / historische Beschreibung dess Ursprungs, Fortgangs und Ends / deren im Jahr 1525 entstanden Uffruhr / und Rebellion der Bawren in Teutschland."

Vollendet wurde das Werk schon im Jahre 1525, denn das Werk des Leodius, das ebenfalls im Jahre 1525 vollendet wurde, setzt bereits Haarers Werk voraus.

A. Handschriften.

Wir besitzen von dieser Schrift noch zwei sehr gute Handschriften; eine davon befindet sich auf der Königl. Hof- und Staatsbibliothek zu München in einem Sammelband von Papierhandschriften. Dieser Band umfasst 951 Quartseiten und trägt a tergo die Aufschrift:

> „Leben und Thaten — Friedrichs, Kurfürstens von der Pfalz — cum aliis."

Die zweite Abhandlung des Bandes bildet die Beschreibung des Bauernkrieges. Sie beginnt auf Seite 49 und endet mit Seite 179. Der Titel ist:

> „Beschreibung — dess — Baurenkrieges — gestellt, beschrieben und zusammengebracht durch den wohlgelehrten Herren Peter Haarer — Pfalzgräfischen Secretarien — zu Heydelberg."

Der Inhalt ist in XCV Paragraphen getheilt, die Beschreibung selbst in deutscher Sprache abgefasst und in kleiner, flüchtiger Schrift.

Eine zweite Handschrift befindet sich zu Heidelberg, die mit der zu München völlig übereinstimmt.

Von der sogenannten lateinischen Bearbeitung, um dieses gleich vorauszuschicken, die im Druck unter dem Titel:

„Rusticorum tumultuum in Germaniae diversis partibus anno MDXXX *exortorum et a magistratibus fideliter sedatorum historia Petro Crinito, vulgariter Haarer scriptore"*

erschienen ist, befindet sich eine Handschrift in der Wiener Hofbibliothek (Hist. prof. No. 277) und eine andere zu München (Cod. bavar. No. 596).

B. Drucke.

Die deutsche Bearbeitung ist sehr spät gedruckt worden, denn erst im Jahre 1625 hören wir von einem Drucke unter folgendem Titel:

„Eigentliche wahrhaftige Beschreibung des Bauernkriegs, wie derselbe vor hundert Jahren, nemlich im Jahre 1525 an allen enden Teutschen Landes angegangen und wieder gedempfet worden. Damals in Teutsch und Latein beschrieben durch H. Peter Haarern jetzunder erstmals in Teutscher Sprach in den Druck gegeben. Frankfurt in Verlegung Johann Ammons 1625."

Ein zweiter Druck wurde dann im Jahre 1627 besorgt; diese Ausgabe erschien in Frankfurt bei Johann Stöckeln.

Beide Drucke sind aber nicht auf Grund der vorher erwähnten Handschriften herausgegeben, sondern, wie aus der Vorrede des Herausgebers hervorgeht, nach einem „bey einem hohen Dumstifte aufgefundenen Manuscripte", das mehrfach von der Münchner Handschrift abweicht.

Was das Aeussere dieser deutschen Ausgaben betrifft, so umfassen dieselben 125 Quartseiten.

Der Inhalt ist in 95 Capitel eingetheilt und jedes Capitel hat eine kurze, treffende Ueberschrift zur Orientirung über den betreffenden Inhalt. Eintheilung und Ueberschriften finden sich auch in den Handschriften und rühren von dem Verfasser selbst her. Vorausgeschickt sind dann zwei Vorreden, von denen die eine, und zwar ihrer Stellung im Buche nach die zweite, von Haarer selbst ist, während die andere den Verfasser nicht nennt. Doch mögen wir nach Analogie anderer Werke annehmen, dass dieselbe vom Verleger herstammt, der zugleich Herausgeber war.

Beide Drucke stimmen, eine Abweichung auf dem Titelblatte abgerechnet, vollständig überein. Meine Citate beziehen sich auf den Druck von 1625.

Ob ein Separatabdruck der sogenannten lateinischen Bearbeitung besorgt ist, habe ich nicht erfahren können, unwahrscheinlich wäre es nicht. Der von mir benutzte Abdruck befindet sich in dem schon erwähnten Sammelwerk deutscher Geschichtsschreiber von Freher im dritten Bande Seite 235—278.

C. Quellen Haarers.

Wir hahen hier zwei Arten von Quellen zu unterscheiden, einerseits die Autopsie des Verfassers, andererseits Depeschen, Zeitungen, Briefe und andere Schriften.

Zuerst ist es sicher, dass Haarer selbst Augenzeuge jenes Bauernkrieges gewesen, denn wir haben keinen Grund, seine eigenen Worte der Vorrede in Zweifel zu ziehen: „So werd ich, als der die Ding zum Theil gesehen u. s. w.“

Es scheint mir vielmehr ganz sicher zu sein, dass Haarer selbst mit in dem Kriegsgefolge Ludwigs war. Seine Stellung als Secretär macht dieses sehr glaublich. Während des Zuges führte Haarer ein Tagebuch, in welchem er die einzelnen Ereignisse in chronologischer Reihenfolge aufzeichnete. Und zwar haben wir an diese Quelle hauptsächlich in der zweiten Hälfte jener Schrift zu denken (Cap. 51—95), wo ja nur ausschliesslich die Person Ludwigs den Mittelpunkt der Darstellung bildet.

Die mittelbaren Quellen haben wir dann auf die erste Hälfte des Buches zu beziehen, in der das Losbrechen des Aufstandes und der Verlauf desselben bis zum Auszug Ludwigs geschildert wird. Doch mag auch hier mancher Bericht auf Autopsie und Hörensagen beruhen, da ja namentlich der Aufstand in Schwaben, dem Vaterlande Haarers, der Gegenstand einer ausführlicheren Beschreibung ist.

Ueber die zweite Art von Quellen sind Haarers Worte folgende:

> „Zum theil unverfälschet gehört, auch sonsten von andern glaubwürdigen Leuten gewissen, unzweifentlichen Bericht empfangen."

Dieses bezieht sich, wie schon gesagt, auf Kanzleiberichte, Depeschen, Flugblätter u. A. An die Benutzung geschichtlicher Werke ist hier überhaupt nicht zu denken, da ja Haarer unmittelbar nach dem Kriege sein Werk schrieb, wo wir wohl noch nicht an ein anderes fertiges Geschichtswerk denken können. Nur eine Ausnahme erleidet das Gesagte, sie bezieht sich auf den Anfang des Werkes. Hier hält sich Haarer allerdings sclavisch an den Text einer vorliegenden Relation. Der wahrscheinliche Grund hierfür wird unten erörtert werden.

Das Manuscript der hier in Frage kommenden Relation ist nicht bekannt geworden, ein Abdruck findet sich in den sogenannten Chemnitzer Materialien zum Bauernkriege.

Es sei hier der Ort, ein kurzes Wort über diese Materialien einzuschiebeu. Dieselben enthalten eine Menge der wichtigsten Urkunden und Berichte über den Bauernkrieg (z. B. einen nach dem Original gemachten Druck der 12 Artikel u. a.). Den Namen haben sie von ihrem Druckorte erhalten. Sie erschienen nämlich am Ausgange vorigen Jahrhunderts (1791—1794) in Chemnitz. Der Herausgeber dieser ungemein wichtigen Urkundensammlung ist unbekannt, die Vorrede ist mit „W" unterzeichnet. Meine Bemühungen, die 2. und 3. Lieferung dieser Materialien zu bekommen, waren vergebens. Die Bibliotheken zu Leipzig, München, Heidelberg, Wolfenbüttel, Dresden, die ich um Zusendung dieser Lieferungen gebeten, besitzen sie auch nicht. Auch selbst die Chemnitzer Stadtbibliothek, in der ich dieselben am ersten vermuthet, konnte mir keine Auskunft geben. Der Zweck, den der Herausgeber verfolgte, war, mehrere wichtige Quellen, die bis dahin völlig unbenutzt geblieben, ans Licht zu ziehen und ihre Benutzung bei der Behandlung jenes Krieges zu empfehlen.

Die hier in Betracht kommenden Capitel Haarers sind Cap. 5—9 incl., dieselbe sind eine wörtliche Abschrift des Aufsatzes, der sich in den Chemnitzer Materialien Lieferg. I, S. 28 unter dem Titel:

„Anfang des Bauernkrieges im Land zu Schwaben MDXXV" findet.

Der Annahme, dieser Aufsatz sei weiter nichts als eine von Haarer selbst verfasste Relation, die er später in seinem eigentlichen Werke verarbeitet habe, glaube ich Folgendes entgegenstellen zu können.

Betrachten wir zunächst beide Texte etwas näher.

Der hierher bezügliche Aufsatz der Chemn. Materialien (Lief. I, p. 28—36) ist jedenfalls der Anfang einer ausführlicheren Darstellung des Bauernkrieges, die unvollendet geblieben. Doch fehlt diesem Schriftstücke die eigentliche Einleitung und diese vermuthe ich in dem ersten Aufsatze der Chemn. Mater., Lief. I, S. 7—12. Betrachten wir nämlich den Inhalt von Cap. I bei Haarer, so ist derselbe nur ein kurzes Summarium dessen, was wir in den Chemn. Materialien S. 7—8 und 28—29 finden. Das Fehlen der Lupfner Bauernartikel, die sich in den Chemn. Mat. finden, macht diese Vermuthung nicht unmöglich, da ja Haarer überhaupt dergleichen Urkunden und Verträge nicht aufnimmt, sondern sich, wie auch hier, mit einem kurzen Hinweis begnügt.

Die beiden Ueberschriften sprechen auch nicht dafür, dass wir es mit zwei besonderen Schriftstücken zu thun haben, jedenfalls rühren diese vom Herausgeber her, während wir den gemeinsamen Titel nicht kennen. Haarer benutzte jedenfalls die Originalhandschrift, in der jene Trennung noch nicht stattgefunden. Möglich ist es, dass der Verfasser, dessen Name uns unbekannt ist, ein College Haarers war, der im Auftrage des Kurfürsten den Krieg beschreiben sollte, durch den Tod aber daran verhindert wurde. Haarer, der nun ebenfalls eine Geschichte dieses Krieges schreiben wollte, — ob auf Anrathen Ludwigs oder nicht, kann nicht nachgewiesen werden, — benutzte diesen handschriftlichen Bericht als Einleitung seines eigenen Werkes.

Die in beiden Texten vorkommenden Abweichungen, die zum grössten Theil sprachlicher und nicht sachlicher Natur sind, mögen ihren Grund in dem mangelhaften Abschreiben haben. Manches, namentlich kleine Textverkürzungen, mag von Haarer selbst herrühren. Vergl. Cap. III, IV, V, VII. IX.

Eine grössere Abweichung zeigt sich ferner in der Schreibung von Eigennamen, z. B. H. Cap. V, Wurzbach, Ch. Mat. Wurztag. H. Cap. IX Hanssen von Montfort, Ch. Mat. Hanss von Morlfort u. A.

Für die Capitel 10—50 incl. mag Haarer den Stoff zum grossen Theil aus den in der Kanzlei eingelaufenen Berichten über die stattgefundenen Aufstände entnommen haben. Allerdings lässt sich dieses nicht mit genauester Evidenz beweisen, da jene Berichte verloren gegangen sind, wie eine Durchsuchung des ehemaligen pfälzischen Archivs ergab. Indessen scheint mir diese Annahme nicht unmöglich zu sein. Wir wissen ja, dass ein steter Schriftverkehr zwischen den Kanzleien stattfand. Dazu kommt noch, dass die Höfe, aus deren Kanzleien die Berichte herrühren, in einem Freundschafts- oder wohl gar Verwandtschaftsverhältniss zum kurfürstlichen Hofe standen.

Wir werden hierbei namentlich an folgende Kanzleien zu denken haben:

> Die erzbischöflichen Kanzleien von Mainz, Trier, die bischöflichen von Speier, Würzburg, die Kanzleien der Landgrafen Philipp von Hessen, des Herzogs Friedrich von Baiern (Bruder Ludwigs), des Herzogs Anton von Lothringen.

Auf diese Quellen sind dann auch hauptsächlich Haarers Worte zu beziehen:

> „Auch sonsten von andern glaubwürdigen Leuten unzweifentlichen Bericht empfangen."

Allerdings lässt sich in der Darstellung selbst ein derartiger Kanzleibericht nur vermuthen, da ja Haarer an keiner Stelle etwas Bestimmtes darüber sagt und die Originale uns fehlen. Die Stellen, wo ich als Grundlage des Textes einen solchen Bericht vermuthe, sind folgende:

Cap. 25 u. 26 jedenfalls aus dem Bericht der bischöflichen Kanzlei zu Speier entlehnt.

Cap. 21—23 Bericht der bischöflichen Kanzlei zu Würzburg.

Cap. 29—35 Berichte der Kanzlei des Herzogs Anton von Lothringen.

Cap. 43 Bericht aus der Kanzlei Philipps von Hessen.

Cap. 51 Bericht aus der Kanzlei Friedrichs von Baiern.

Der Bericht in Cap. 50 über die thüringischen Unruhen scheint ein Auszug aus einem Zeitungsberichte (Flugblatt) zu sein.

Allerdings mag der Inhalt mehrerer Capitel dieses Passus auch auf Autopsie und Hörensagen beruhen. Es werden hierher namentlich Cap. 36—46 zu beziehen sein, in denen das Losbrechen des Aufstandes in der Pfalz berichtet wird. Jedenfalls wohnte Haarer selbst den Verhandlungen des Kurfürsten mit den Bauern bei. Eingegangene Depeschen und mündliche Mittheilungen von Kriegsbefehlshabern mögen ihm seinen Bericht ergänzt haben.

Den zweiten Theil von Haarers Schrift hielt ich anfangs für eine wörtliche Abschrift einer Chronik „über den Bauernkrieg in den Bisthümern Speier, Worms, Würzburg und Mainz.“

F. J. Mone gab nämlich im Jahr 1845 in seiner Quellensammlung der badischen Landesgeschichte (Bd. III, S. 546—566) eine solche Chronik unter dem angeführten Titel heraus. In einem einleitenden Worte bespricht er auch die Frage über den Verfasser. Er sagt dort, der Verfasser sei dem Namen nach unbekannt, doch liege die Vermuthung nahe, einen pfälzischen Beamten, der den Kurfürsten begleitet habe, als Verfasser anzunehmen. Der Bericht selbst sei schon während des Krieges entstanden.

Mone war auf richtiger Fährte, wenn er einen pfälzischen Beamten als Verfasser annahm, doch irrte er, indem er den Namen desselben für unbekannt hielt. Ich glaube nicht mit Unrecht behaupten zu dürfen, dass dieser anonyme Verfasser kein anderer als Haarer selbst und der Bericht das auf dem Kriegszuge geführte Tagebuch ist.

Folgende Gründe haben mich zu dieser Annahme geführt.

Schon ein oberflächliches Betrachten dieses Schriftstückes zeigt, dass wir es mit einem Tagebuche zu thun haben, und dieses wird durch ein näheres Eingehen auf den Inhalt hestätigt. Die einzelnen Ereignisse werden ohne allen Zusammenhang erzählt und nirgends findet sich ein Punkt, der auf eine planmässige Abfassung schliessen liesse.

Der Inhalt ist in 44 Paragraphen getheilt, von denen ein jeder ein kleines Ganzes für sich bildet, indem in demselben entweder die Einnahme eines Ortes oder ein kleiner Zug beschrieben wird. Jenachdem nun der Anonymus während des Kriegszuges Musse fand, berichtete er mehr oder minder ausführlich einen Marsch oder ein Scharmützel. Da er natürlich nicht überall sein konnte, so benutzte er zur Vervollständigung seines Berichtes die eingelaufenen Depeschen und Kundschaftsberichte. Manches verdankte er wohl der Mittheilung befreundeter Kriegsleute. Die im Kriegsrathe beschlossenen Operationspläne erfuhr er auch, wie die genauen militärischen Berichte bekunden. Die Aufzeichnungen geschahen indessen immer in Eile, und so mögen sich manche Irrthümer eingeschlichen haben. Der Character des Tagebuchs scheint ein officieller zu sein, denn nirgends werden persönliche Verhältnisse des Verfassers berücksichtigt. Ludwig und sein Heer bilden stets den Mittelpunkt. Dieser Umstand erleichtert uns wesentlich die wahrscheinliche Lösung der Frage über den Namen des Verfassers.

Bei der Frage nämlich, wer dieses officielle Tagebuch geführt, denken wir unwillkürlich an die Person eines kurfürstlichen Secretärs, der sich im Heeresgefolge befand.

Erinnern wir uns nun, dass Haarer als Secretär des Kurfürsten, dessen rechte Hand er war, den Feldzug mitmachte, so werden wir zweifelsohne das Führen des Tagebuches ihm zuschreiben müssen. Dazu kommt noch, dass die Schreibweise in dem Tagebuche genau dieselbe ist, wie die in der ersten Hälfte von Haarers Werk.

Die vorkommenden Abweichungen, die ganz geringfügig sind, können wir ruhig dem mangelhaften Abschreiben und Drucken zuschieben.

Wir stossen auch nirgends auf einen sachlichen Widerspruch in beiden Hälften des Buches. Besässen wir allerdings noch die Originalhandschriften, so würden wir sofort von jedem Zweifel befreit werden.

Kurz nach dem Einzuge Ludwigs in Heidelberg machte sich Haarer an die Abfassung seiner Denkschrift. Jetzt hatte er nun Zeit, genauere Erkundigungen über dieses und jenes einzuziehen und darnach Fehlerhaftes zu verbessern, und so werden auch die sachlichen Ahweichungen beider Texte erklärlich. Der ausführliche strategische Bericht war gegen die Tendenz der Denkschrift. (Vergl. die Vorrede.) Darum liess Haarer die genauen Marschberichte des Tagebuches weg und führte nur die furchtbaren Thatsachen an, um zu belehren und zu warnen.

Ich führe einige Beispiele der Textabweichung an.

Ch.[5]) § 7. u. H. Cap. 61.

Hier wird die Gefangennahme des Pfaffen Eisenhut berichtet. Eisenhut wird mit noch drei Genossen von Georg Truchsess àn Ludwig zu „einer verehrung" gesandt. Anders sagt Ch. Hier wird Eisenhut zu „einer Verhörung" — an Ludwig geschickt. Jedenfalls ist die Lesart bei Haarer vorzuziehen. Allerdings liess Ludwig auch ein Verhör anstellen, doch war dasselbe ganz kurz, da man völlig von der Schuld dieses Rebellen überzeugt war. Mit Haarer stimmt auch überein, was wir in der Zeilischen Handschrift lesen: „als einen Beutepfennig" übersandte er diesen Rebellen.

Nachdem die Schlacht bei Pfeddersheim geschlagen, gab der Kurfürst den Befehl, dass der Marschall Wilhelm von Habern die 1000 Rebellen, die sich in der Stadt befanden, bewachen sollte. Dieser traf nun seine Anordnungen, er liess nach dem Bericht des Ch. „bey den 500 in die Kirchen hineinschliessen und zelen, macht mit den burgern zu Pfederschein

---

[5]) Ich citire das Tagebuch abgekürzt „Ch."

einen Kerfen, daran die zele geschnitten war und bevelch ihnen die Kirchen zu beschliessen."

Haarer berichtet, dass nur 150 ausgewählt worden seien, die dann in die Kirche eingeschlossen wurden.

Wohl ist hier Haarer vorzuziehen, denn man versicherte sich ja nur immer der Hauptanführer. Auch widerspricht die Auffassung durchaus nicht der folgenden Erzählung, dass man später noch 300 aufgegriffen hätte, Dieses geschah aber bei Nacht und man hatte da weder Zeit noch Lust Verhöre anzustellen, weshalb man diese Rebellen einfach in die Kirche schloss.

Derartige Abweichungen finden sich ferner Cap. 58, 59, 62, 63, 75, 76, 79, 85, 88, 91.

Die ganze Schrift ist im schwäbischen Dialect geschrieben. Was den Stil betrifft, so bedient sich der Verfasser vorzugsweise der anfügenden Schreibweise, in welcher die Sätze selbstständig nebeneinander stehen; sie sind grösstentheils beigeordnet, nicht untergeordnet. Der Satz selbst ist dabei ohne jeden Prunk und Schmuck, nur bisweilen bei Schlachtgemälden oder bei Aufzählungen der Schandthaten der Rebellen wird auch die Sprache lebendiger. Vergl. Cap. 10, 16, 50—52.

D. Standpunkt des Verfassers und Bedeutung seines Werkes.

Der Standpunkt, den Haarer jener Revolution gegenüber einnimmt, ist natürlich ein den Bauern feindlicher. Vergl. Cap. 16. Hier spricht er entschieden seine feindliche Gesinnung aus, indem er die Bürger der Stadt Weinsberg für schuldig erklärt. Dagegen die Ansicht von S. Justinus Kerner: „Bestürmung der Stadt Weinsberg 1820."

Haarer ist ferner ein guter Katholik, der in der Lehre Luthers einen Hauptanstoss zu dieser Bewegung sieht. Er ist durch und durch loyal und hält treu zu Kaiser und Reich. Als ein ergebener Diener seines kurfürstlichen Herrn weiss er nicht genugsam dessen Milde zu rühmen, mit der er gegen die Aufrührer verfuhr. Stets bedient er sich der Anrede: „Seine churfürstliche Gnaden" oder „mein gnedigster Herr, der Churfürst".

Doch niedrige Schmeichelei ist ihm fremd. Wohl hat er auch ein Herz für die gerechten Forderungen der Bauern und in seiner Vorrede erwähnt er, dass die Rebellion wohl zum Theil ihren Grund in der völlig ungerechten Bedrückung der Bauern durch die Geistlichkeit und den Adel habe. Doch verabscheut er ganz und gar die Mittel und Wege, die die Bauern zur Erlangung ihrer Zwecke eingeschlagen. Darum schildert er oft genug die grausamen Handlungen dieser Bauern mit einer Ausführlichkeit, die gewiss meistens nur auf Hörensagen zurückzuführen ist. Nirgends können wir ihm aber eine wissentliche Täuschung vorwerfen.

Es wäre irrig, Haarers Werk als ein Geschichtswerk anzusehen, in dem wir eine künstlerische Darstellung dieses Krieges hätten. Schon das bisher Gesagte lässt eine solche Ansicht nicht aufkommen. Auch hat der Verfasser selbst nicht einen solchen Anspruch erhoben. Wenngleich wir in ihm einen Mann von Bildung erkennen, so besass er doch lange noch nicht die Befähigung eines Historikers; auch machte die unmittelbare Nähe, in der er selbst zu dem Ereigniss stand, ein klares, objectives Urtheil über Grund und Tragweite dieses Krieges nicht gut möglich. Den Anspruch auf Vollständigkeit der Darstellung können wir nur in Bezug auf die Unruhen in Schwaben gelten lassen, da ja die Ereignisse in anderen Landschaften entweder gar nicht, wie des Aufruhrs in Oesterreich, oder doch nur ganz vorrübergehend, so des Aufstandes in Thüringen, gedacht wird.

Nirgends werden Urkunden angeführt, selbst über die Verträge Ludwigs geht der Verfasser fast mit Stillschweigen hinweg. Die 12 sogenannten Bauernartikel, das eigentliche Programm der ganzen Bewegung, werden nur ganz beiläufig erwähnt. Ohne nachzuforschen, nimmt Haarer ruhig Thomas Münzer als den Verfasser dieser Artikel an, wiewohl ihm schon die schwäbische Sprache, in der sie abgefasst waren, von der Unrichtigkeit dieser Behauptung überzeugen musste. [4]

---

[4] Vergl. die Untersuchungen über den Ursprung der Artikel von Alfred Stern, Leipzig 1868, und Cornelius, Studien zur Gesch. des Bauernkrieges i. d. Abhandlg. d. Königl. Bair. Academie der Wissensch., (Hist. Classe) Bd. IX.

In der Weise eines Chronisten erwähnt Haarer neben und zwischen der Erzählung von Hauptbegebenheiten geringfügige, vereinzelt dastehende Züge; so berichtet er ziemlich umständlich die Zerstörung von Schlössern und die darin gefundenen Vorräthe.

Ein auffallendes Beispiel der zusammenhangslosen Aneinanderreihung von Thatsachen ist z. B., dass er die Bauernbewegung in Thüringen mitten in den Bericht über die Aufstände in der Pfalz hineinschiebt, offenbar in den Zeitpunkt, in dem ihm die Nachricht aus Thüringen überbracht wurde.

E. Zurückweisung Haarers als Verfasser der latein. Bearbeitung der Geschichte des Bauernkrieges.

Bisher allgemein verbreitet ist die Ansicht, dass die deutsche und die lateinische Bearbeitung einen und denselben Verfasser haben; dem aber möchte ich entgegentreten und im Folgenden kurz die Gründe, die mich dazu führten, erörtern.

Den Hauptbeweis glaube ich schon durch das Gesagte gegeben zu haben, indem ich die Entstehung der deutschen Bearbeitung zeigte; dazu kommen jedoch noch andere Gründe.

Ranke a. a. O. scheint bestimmt an der Person eines Verfassers fest zu halten. Derselben Meinung ist auch Mone. Doch schon vor ihnen gab es einen Mann, der dagegen Zweifel erhob, ich meine den Geschichtsschreiber des 18. Jahrhunderts, Sartorius. Allerdings stellt dieser noch eine ganz andere Ansicht auf, indem er zwar, was auch ganz richtig ist, Haarer als den Verfasser des deutschen Originals angiebt, doch scheint er von diesem Original anzunehmen, es sei verloren gegangen, er erwähnt es wenigstens nicht und sagt nur, dass ein Unbekannter diese deutsche Bearbeitung in's Lateinische übertragen habe, und dieser lateinische Text sei dann wieder im Jahre 1625 in's Deutsche übersetzt worden und zwar unter dem Titel:

„Eigentliche wahrhaftige Beschreibung des Bauernkrieges, wie derselbe vor hundert Jahren, nemlich im Jahre 1525 fast an allen Enden Teutschen Landes angegangen, und wieder gedempfet worden. Damals in Teutsch und Latein beschrieben durch Hr. Peter Haarern, jetzunder erstmals in Teutscher sprach in den Druck gegeben. Frankfurt, in Verlegung Johann Ammons 1625."

Allerdings wenn wir das Titelblatt der 1627 in Frankfurt bei Johann Stöckeln erschienenen Ausgabe betrachten, so leuchtet uns ein wesentlicher Unterschied zwischen beiden Ausgaben ein, der denn auch Sartorius zu jenem falschen Schluss geführt haben mag.

Zuerst sind beide Ausgaben bei verschiedenen Verlegern erschienen, ein Umstand, der eine wörtliche Uebereinstimmung der Titelblätter nicht recht möglich macht. In der von Sartorius benutzten Ausgabe fehlt dem Titelblatte ein höchst wesentlicher Zusatz, ich meine die Worte:

> „Anjetzo nach dem bey einem hohen Dumbstift einer fürnemen Statt gefundenen Manuscripte abermals in Druck gegeben."

Dieses stimmt dann ganz mit dem überein, was wir in der Vorrede des Herausgebers lesen:

> „Diesen und allen ihresgleichen sei gegenwertiges Büch-
> lein / sich darin zu spiegeln zum Newen Jahr geschenkt /
> welches also vom Authoren erstlich in Teutsch / bald
> nach vergangener darin beschriebener Bauernunruhe
> gestellt / auf einem hohen Dumbstift einer fürnemen
> Teutschen Statt / in einer glaubwürdigen Handschrift ge-
> funden / und jedermanniglich zur nachricht und warnung /
> hiermit in offnen Druck gegeben worden."

Hieraus geht nun ganz klar und deutlich hervor, dass diese deutsche Ausgabe keine Uebersetzung des lateinischen Textes ist, wie Sartorius fälschlich annahm, sondern dass sie genau nach dem Manuscript einer deutschen Abfassung gedruckt worden ist und wir es demnach nicht mit Bearbeitungen, sondern nur mit Ausgaben zu thun haben.

Ein fernerer Beweis dafür, dass die deutsche Ausgabe nach einer deutschen Handschrift gedruckt und nicht aus dem Lateinischen übertragen worden ist, besteht darin, dass die deutsche Ausgabe zum grössten Theil wortgetreu mit den deutschen Vorlagen übereinstimmt.

Die Gründe, die mich nun zu meinem Zweifel an der Einheit des Verfassers geführt haben, sind die manigfachen sprachlichen und sachlichen Abweichungen und die verschiedenen Tendenzen, in denen die Schriften abgefasst sind.

1) Chronologische Abweichungen.

Die grösste Inconsequenz und Ungenauigkeit zeigt der Verfasser der lateinischen Ausgabe, den wir der Kürze wegen mit „Crinitus" bezeichnen, in der Angabe chronologischer Bestimmungen.

Zunächst bemerkenswerth ist es, dass er sich zwar auch in einigen Fällen des christlichen, (vergl. Cap. 16, Osterfest = *dies, quae resurgenti Christo sacra fuit*), jedoch in den meisten des römischen Kalenders bedient, ohne zu dieser Unterscheidung durch den Text des Originals berechtigt zu sein, da sich dieser gerade stets des christlichen Kalenders bedient. Den 1., 13. oder 15. eines Monats giebt Crinitus gewöhnlich durch *Calend.* und *Id.* Vergl. Cap. 3, 11, 13, 33, 34 u. s. w.

Dagegen finden sich auch Beispiele, wo Crinitus die Rechnung nach Monatstagen befolgt. Vergl. Cap. 9, *septima die mensis Aprilis.* Bisweilen wendet er dann, wie schon gesagt, die christliche Datumsbezeichnung an. Vergl. Cap. 59, 62, 87, 90. Diese verschiedenen Rechnungsarten würden aber noch nicht zur Annahme von zwei Verfassern berechtigen, wenn sich dieselben nur mit den Angaben des Originals deckten. Doch zeigt sich gerade hier eine Abweichung, die sich ein Verfasser schwerlich zu Schulden kommen lassen durfte. In Cap. II wird uns erzählt, dass während die Bundesräthe die Anführer der Bauern durch Unterhandlungen hinzuhalten sich bemühen, ihr Feldherr Georg Truchsess von Waldburg abgeschickt wurde, um die Haufen unerwartet zu überfallen und so mit einem Male den Aufstand zu dämpfen. Haarer giebt hier als Datum den Donnerstag nach Laetare an und dieses ist der 30. März.

Vergleichen wir diese Angabe mit der in andern Schriften, so sehen wir, dass diese genau übereinstimmen. Vergl. Chemn. Mat. S. 30 u. a. Auf andere Quellenberichte hin lesen wir bei Zimmermann: [5]

> „Am 25. März machten die Bauern neue Vorschläge."

Auch Bensens [6] Angabe, dessen Schrift über den Bauernkrieg sich vorzüglich durch eine genaue chronologische Bestimmung auszeichnet, hat dasselbe Datum, wie Haarer.

Auf welchen Tag verlegt nun die latein. Ausgabe dieses Factum? Dort lesen wir:

> *„Nihilominus Georgius exercitus imperator ferro decernere*
> *constituit. Itaque XIV Cal. Martii cum exercitu suo quat-*
> *tuor decem numero milia, ut dimicaret, profectus est."*

Das ist doch kein anderer Tag als der 16. Februar, gewiss ein Unterschied, der bei einem Verfasser nicht gut vorkommen konnte.

In Cap. 8 wird uns die Schlacht bei Wurzach berichtet, wo es heisst:

> „Welches sich auf den Charfreytag verzogen gegen
> Abend um 5 uhren Herr Georg Truchsäss der uffrührischen
> Bawren bey seinen zugehörigen Stätten einer Wartz-
> bach genannt 2 oder 3 meil Wegs ob Bieberbach ge-
> legen, biss an die 7000 erschlagen und als er sich bey
> den Gefangenen erlernet, dass auff 3 Meilen davon
> nemlich zu Weingarten bei Ravensburg gelegen, noch
> an die 8000 Bauern bei einander versamlet waren,
> ist er am folgenden Sambstag den Osterabend zu mor-
> gen, mit dem ganzen Heer uffgebrochen, solchen hauffen
> Bauern zu suchen."

Die Ch. Mat. und Bensen stimmen vollständig mit diesen Angaben überein. Der lateinische Text giebt hier die römische

---

[5] Vergl. W. Zimmermann, Allgem. Geschichte des grossen Bauernkrieges. Stuttgart 1841—43. Bd. II, S. 206.

[6] H. W. Bensen, Geschichte des Bauernkriegs in Ostfranken. Erlangen 1840.

Datumsbezeichnung *V Non. Martii.* Dass diese Angabe (3. März) falsch ist, geht aus den obenerwähnten Berichten hervor, denn bekanntlich fand jenes Ereigniss um Ostern statt, welches Fest in jenem Jahre auf den 16. April fiel.

Cap. 20 heisst es:

> „Da nun solche ehrvergessene Bauern ihren willen zu Heylbronn auch erlangt / nemen sie erst den Zug gewaltiger vor über den Teutschmeister / brachen um den Sonntag Quasimodogeniti auf.“

Der lateinische Text lautet:

> *„Ergo cum fidifraga ista rusticorum turba libidinis suae Heilbronnae, quo quae compos esset facta, profectionem potenti manu contra militaris ordinis Teutonicorum dominorum adornantes, feriis Paschalibus universo cum exercitu Necarsolmo prius firmato.“*

H. Cap. II, den Sonntag Laetare (26. März).
Crin. Cap II, circa Idus Februar (13. Februar).
H. Cap. 13, Montag nach Judica (3. April).
Crin. Cap. 13, IX Cal. Mart. (21. Februar).
H. Cap. 22, Montag nach Jubilate (8. Mai).
Crin. Cap 22, circa Non. April. (5. April).
H. Cap. 34, Sonntag Miser. Dom. (30. April).
Crin. Cap. 34, circa Id. April (13. April).

Eine andere Differenz der Texte besteht darin, dass öfters in dem lateinischen die Datumsangabe ohne Grund fehlt, wo wir in dem deutschen Texte eine bestimmte Angabe finden. Vergl. Cap. 20, 42, 62, 81, 91.

Sehr selten stimmen die Datumsbezeichnungen überein, ich habe nur 2 Fälle gefunden. Cap. 33 und 59.

2) Abweichungen in Bezug auf den Inhalt.

An die chronologischen Abweichungen reihen sich wesentliche Inhaltsdifferenzen. Greifen wir z. B. Cap. 22 heraus. Hier wird uns die Belagerung des Schlosses Würzburg erzählt und beide Texte stimmen fast wörtlich überein, nur am Ende zeigt sich eine bedeutende Abweichung. Haarer berichtet nämlich ganz kurz die Theilnahme des Ritters Götz von Berlichingen an den Aufständen. Es ist diese Angabe gewiss wesentlich, da ja bekanntlich dieser Ritter eine grosse Rolle in dem Bauernkriege gespielt hat und wir wissen aus vielen damaligen Berichten, dass die Kunde von diesem Manne auch in das Ausland gedrungen war. Um so mehr nimmt es Wunder, dass wir in der lateinischen Bearbeitung, die ja hauptsächlich für das Ausland gemacht ist, nirgends die leiseste Andeutung über diesen Mann finden. Gnodalius kannte recht wohl den Werth dieser Angabe und fügte sie bei:

> *„Aderat hisce Franconicis rusticis et nobilis quidam Florianus Geier, eques Francus, sicut Odenwaldicus Gotfridus a Berlingen qui an sponte vel coacte se Rusticis consociarint.“*

Sicher würde Haarer diesen Passus in der lateinischen Ausgabe nicht weggelassen haben, wenn er der Verfasser derselben wäre.

Wohl schwerlich ist es ein blosser Schreibfehler, wenn Crinitus Cap. 16, wo die Weinsberger That berichtet wird, durch falsche Verbindung aus einem Namen zwei macht. Es werden nämlich dort die Namen der Ritter angeführt, die Weinsberg besetzt hielten, und zwar führt Haarer unter diesen ganz richtig (vergl. Gnodalius und Justinus Kerner), „Georg Wolf von Neuhaussen und sein Vetter Friedrich Eberhard Sturmfeder“ an. Crinitus übersetzt:

> *„Georgius Wolff a Nova domo cum cognato suo Friderico, Eberhardus Sturmfeder.“*

Bei ihm erhält der Vetter des Georg von Neuhaussen den Namen Friedrich, den aber Haarer als Originalquelle ganz richtig mit Eberhard Sturmfeder verbindet, während er den Vetter unbenannt lässt. (Druck und Münchener Handschrift stimmen überein, demnach haben wir es hier jedenfalls nicht mit einem Druckfehler zu thun).

Gewiss war dieser Vetter Georgs ein wenig bedeutender Ritter. Ganz ähnlich wird schon vorher — und hier stimmen beide Texte überein — der Sohn des Dietrich von Weyher ohne Namen angeführt. Auch eine Ungenauigkeit ist hier im

Freher'schen Texte zu berichtigen. Dort steht ganz sinnlos *ut timorem horroremque nobilius incuterent*, wo *nobilibus* zu lesen ist.

Sodann giebt es eine Menge von Capiteln, wo der lat. Text, der doch als eine genaue und wortgetreue Uebersetzung gelten will, ganze Theile der Erzählung ohne Grund weglässt. So fehlt z. B. in Cap. 37 die Angabe der Burgen, die der Geyweiler Haufen zerstört hat. Dasselbe gilt von den folgenden Capiteln: 15, 16, 38, 40, 43, 53, 62, 93.

Ferner finden wir nicht selten, dass bei Crinitus mehrere Capitel der deutschen Ausgabe in eins zusammengezogen sind, ohne dass man den Grund recht einsieht, zumal in diesen Capiteln Ereignisse geschildert werden, die wichtig genug waren, um auch in die lateinische Darstellung aufgenommen zu werden.

Zuerst Cap. 56 und 57. Hier werden uns die Rüstungen berichtet, die der Kurfürst Ludwig gemacht, in dessen Dienst Haarer steht und dessen Thaten sonst stets bis in's Kleinste erzählt werden. Hätte nun die lateinische und die deutsche Bearbeitung einen Verfasser, so wäre es doch höchst auffällig, dass hier ausführlicher und dort gedrängter berichtet wird. Dasselbe finden wir in Cap. 86—89.

Bisweilen fehlen in der lateinischen Bearbeitung Namen. So werden Cap. 39 von Haarer zwei Stiftsherren: Philipp Schenkel von Mergentheim und Sixt Meyer genannt, die sich mit dem Bauernhaufen, der in der Gegend von Worms sein Wesen trieb, verbündeten. Diese Namen fehlen ohne Grund in der lateinischen Bearbeitung.

Warum derartige Textverkürzungen vorgenommen worden, ist nicht einzusehen. Gerade die zuletzt angeführten Capitel enthalten einen ganz interessanten Schlachtbericht (Pfeddersheim 24. Juni), der mit Recht eine grössere Weitläufigkeit beansprucht.

Wo bleibt denn da auch die Consequenz, wenn wir Cap. 22 betrachten? Hier wird mit grösster Weitläufigkeit das Treiben des fränkischen Haufens bis fast ins Kleinste beschrieben und es wäre hier wohl mit Recht eine Verkürzung am Platze gewesen. Es hat vielmehr den Anschein, als ob der Verfasser

gern fertig sein wollte und deshalb ganz willkürlich den Text
verkürzte. Bei der Annahme eines Verfassers wäre eine derartige Verkürzung gar nicht zu erklären.

3) Abweichende Namensschreibungen.

Schon erwähnt ist, dass bei Haarer die Orthographie noch
keine feste ist, aber derartige Differenzen, wie sie zwischen dem
lateinischen und deutschen Texte vorkommen, selbst wenn wir auf
die Latinisirung der Orts- und Personennamen Rücksicht nehmen,
können nun und nimmermehr aus der Feder eines Verfassers
hervorgegangen sein.

Cap. 8 wird das am Bodensee gelegene Städtchen „Wurzach"
erwähnt. Bei Haarer lesen wir den entstellten Namen „Wortzbach",
bei Crinitus: *„Wortsacus."*

H. Cap. 18, Schauenburg, Crin. *Scheurernburgus.*

H. Cap. 21, Büttert, — Crin. Buchard.

H. Cap. 29, Liebelt, — Crin. *Biblies virginum.*

H. Cap. 31, Bayelheim, — Crin. Geilsheim.

Raigelsperg, — Crin. Reygelsberg.

H. Cap. 32, Zobelstein, — Crin. Nobelstein.

Ueberhaupt muss hier noch bemerkt werden, dass Crinitus
öfters Spielerei mit der Latinisirung und Graecisirung treibt, wodurch nicht selten Namen völlig verunstaltet werden, z. B. übersetzt er „Kleeberger Haufe" mit *„agmen Tonsile"*, „Weissenburg"
„Albipolis", „Neustadt" *„Neopetra"* u. a.

Das Ganze bestätigt dann auch in Bezug auf die Diction
das Urtheil Struves: *„stylo admodum horrido scriptum est."*

Dieselbe ist höchst nüchtern und trocken, dabei sehr oft
dunkel und ungenau, so dass man überall die grösste Sorglosig-
keit des Verfassers erkennt. Die paratactische Satzverbindung
ist die vorherrschende. *Ablativi consequentiae* bilden die Verbin-
dungen. Einzelne Capitel werden durch *interea, porro, dum
haec geruntur* u. s. w. verbunden, bisweilen durch das Rela-
tivum.

F. Wer war der Verfasser und wann die Zeit der Abfassung?

Eine bestimmte Antwort kann auf beide Fragen nicht gegeben, nur diese und jene Vermuthung aufgestellt werden.

Haarer hat, wie schon gesagt, sein Werk seinem Herrn, dem Kurfürsten Ludwig gewidmet. Wenn nun auch der lateinische Text von Haarer wäre, so erschiene es sonderbar, dass er die Uebersetzung einem anderen Fürsten gewidmet hat. Der lateinische Text ist nämlich dem Markgrafen Albrecht von Brandenburg gewidmet, der im Jahre 1514 Erzbischof von Mainz geworden. Erklärlich wäre das noch, wenn dieser Fürst in jenem Krieg eine Rolle gespielt hätte; so wissen wir aber, dass er sich zu jener Zeit in seinem Magdeburger Erzstifte in Halle aufhielt, während er die Verwaltung des Mainzer Stiftes dem Bischof Wilhelm von Strassburg übertragen hatte. Nirgends finde ich einen Anhalt dafür, dass Haarer in irgend welchem Verhältniss zu diesem Maecen der Künste und Wissenschaften gestanden hätte. [7])

Die besprochenen innern Gründe machen vielmehr die Annahme eines Verfassers völlig unmöglich. Vielleicht war irgend einer der kleinen Humanisten, die sich um den Erzbischof schaarten, der Verfasser des lateinischen Textes und übersetzte Haarers Schrift bald nach dem Erscheinen derselben.

Und ich glaube dieses um so mehr annehmen zu müssen, weil es durch Weglassungen aller Stellen, die ein ungünstiges Licht auf die Geistlichkeit werfen, bestätigt wird.

Haarer, obwohl gut katholisch, der neuen Lehre und der Rebellenbewegung keineswegs zugethan, lässt doch hier uud dort über die Schuld der Geistlichkeit eine Bemerkung fallen. (Vergl. die Vorrede.) Auch Cap. 39 ist hierher zu beziehen. Während Haarer unverhohlen die Namen der Stiftsherren nennt und ihren Uebertritt zu den Bauern als einen freiwilligen darstellt, verschweigt der Verfasser des lateinischen Textes aus Rücksicht

---

[7]) J. F. Hennes, Albrecht von Brandenburg, Erzbischof von Mainz und Magdeburg. Mainz 1858. 8.

gegen die Geistlichkeit, der er vielleicht selbst angehört, jene Namen und weiss die Sache so zu drehen, als sei der Uebertritt jener Herren ein gezwungener gewesen:

Duos ex canonicis ibidem in foedus pertrahunt.

Sonach kann von einem Werthe der lateinischen Bearbeitung nicht im Geringsten die Rede sein. Denn einmal ist sie nur eine ganz mangelhafte und oberflächliche Uebersetzung, sodann hat der Verfasser an mehreren Orten die Darstellung des Originals wissentlich entstellt.

Uebrigens giebt es mancherlei analoge Fälle, in denen gewandte Lateiner oder die sich dafür hielten, einen in der Volkssprache bearbeiteten Stoff auch andern Nationen zugänglich zu machen, gleichsam in die vornehme literarische Welt einzuführen bestrebt waren.

Allem Anschein nach ist die Uebersetzung sehr bald nach der Abfassung und handschriftlichen Verbreitung der deutschen Schrift gemacht worden und hat dieses auch nichts Auffälliges.

Cap. II. Gnodalius.

§ 1.

Kurze Angabe der Lebensumstände.

Wie über Haarers Leben, so sind uns auch über Gnodalius nur ganz dürftige Nachrichten erhalten. Nirgends findet sich über ihn etwas Zusammenhängendes. Kurze, abgerissene Notizen, die wir bei ihm selbst lesen, geben uns einen sehr geringen Anhalt. Ich hoffte diese oder jene Notiz in den Briefen Melanchthons zu finden, da ja Gnodalius als Anhänger der neuen Lehre und als ein Mann der Wissenschaft, sehr leicht mit diesem in Berührung gekommen sein konnte. Doch giebt uns der Briefwechsel darüber keine Auskunft. Das, was sich in den Werken von Strobel, Sartorius, Bensen über ihn findet, ist immer nur eine Zusammenstellung der obenerwähnten Notizen.

Peter Gnodalius ist erst nach dem Bauernkrieg geboren oder war doch zur Zeit desselben noch nicht in einem urtheilsfähigen Alter, wie seine Worte in der *epist. dedic.* selbst bezeugen:

„hae res ipsae meam aetatem antecesserunt." [8])

Ueber seine Todeszeit wissen wir auch nur zu sagen, dass sie nach dem 1. December 1569 fällt.

Ebensowenig sind wir über die Heimath unterrichtet. Die genaue Kenntniss der süddeutschen Länder lässt uns dort seine Heimath vermuthen. Früher glaubte ich in seinem Namen einen Anklang an das Städtchen „Gnodstadt" in Baiern zu finden. Doch wahrscheinlich ist der Name nur latinisirt und wir haben an einen deutschen Familiennamen wie „Gnödel" zu denken.

---

[8]) Der scheinbare Widerspruch zwischen diesen Worten und den Worten der Vorrede erklärt sich daraus, dass Gnodalius die Vorrede Haarers übersetzt hat.

Aus seiner Jugendzeit ist uns nicht das Geringste bekannt, doch muss er in derselben eine sehr gute Bildung genossen haben, deren hauptsächlichste Grundlage, den humanistischen Bestrebungen jener Zeit gemäss, die classischen Studien bildeten, von denen er an mehr als einer Stelle Zeugniss giebt.

Welche Stellung oder welches Amt er bekleidet, wissen wir nicht. Er stand mit dem Kammergerichtsassessor Simon Schard zu Frankfurt in Verkehr, der ihn in seinen historischen Studien unterstützte. Auch zeigt er eine grosse Belesenheit in der damaligen Literatur. Luthers und Melanchthons Schriften kennt er nicht nur, sondern hat sie auch studirt, desgleichen Sleidans Werke. Er ist ein Anhänger der neuen Lehre und spricht seine protestantische Gesinnung an mehr als einem Orte aufs Entschiedenste aus. Auch mit dem gelehrten Caspar Haedio und Nicolaus Gebellius scheint er näher bekannt gewesen zu sein.

Von beiden wissen wir, dass sie mit Melanchthon befreundet waren und im Briefwechsel standen. So war es denn wohl der Gelehrtenkreis Melanchthons, zu dem im näheren oder ferneren Sinne auch Gnodalius gehörte.

Aus der Widmung, die er seinem Werke vorausschickte und die an Christoph, Pfalzgrafen und Herzog von Baiern, und an Johann Wilhelm von Sachsen gerichtet ist, geht allerdings hervor, dass er in irgend welchem Abhängigkeitsverhältniss zu diesen Fürsten gestanden habe, worauf nach damaligem Sprachgebrauch das doppelte „Dominis" zu deuten scheint. Doch welches Verhältniss es gewesen, lässt sich nicht mit Bestimmtheit angeben. Möglich auch wäre es, dass er überhaupt keinen amtlichen Beruf hatte und nur als Gelehrter sich der Gunst dieser Fürsten zu erfreuen hatte.

Wir verdanken Gnodalius eine ausführliche Beschreibung des Bauernkrieges. Seinem Lieblingsstudium folgend, der Ergründung der vaterländischen Geschichte, [9]) unternahm er es, eine möglichst genaue Darstellung des Bauernaufruhrs zu geben. Obwohl er jedenfalls das grosse Ereigniss noch erlebt, so fiel

---

[9]) *Historiarum Germanicarum a teneris annis mirifirs delectatus sum.*

es doch in die Zeit seiner Jugend; dunkle und schwankende Erinnerungen aber können nicht den Stoff zu einer historischen Darstellung geben. So studirte er denn die ihm zugänglichen Schriften, verglich sie, excerpirte sie zum Theil, worin er eine gewisse Meisterschaft an den Tag legt. Er sagt selbst über die Art und Weise seiner Forschung:

> *„Itaque ne quid vel ex vana vel ex levi auditione scripsisse culpari possem, quaecunque scripta vel acta in huius argumenti genere edita comperissem, conquisivi et ex illis inter se diligenter collatis, quae verisimiliora essent, erui et collegi."*

Er wusste selbst manches Actenstück (*e scriniis*) heranzuziehen und fügte es seinem Werke bei, so dass gerade hierin der Hauptvorzug desselben liegt. Hierbei erfreute er sich der grossen Beihülfe des erwähnten Simon Schard.

Nach diesen gründlichen Vorstudien machte er sich an die Abfassung seines Werkes, das unter dem Titel:

> *Seditio repentina vulgi praecipue rusticorum anno* MDXXV *tempore verno per universam fere Germaniam exorta, paucisque diebus mirabiliter aucta quam exemplo immania non sine multis cladibus cruentisque preliis secuta sunt: ex veris et variis monumentis autorum, qui bellum contra seditiosos gesserunt, furoremque insanae multitudinis represserunt collecta ac conscripta ac nunc primum edita per Petrum Gnodalium*

im Jahre 1569 vollendet wurde und bereits 1570, 8° im Druck erschien.

Eine zweite Ausgabe erschien 1580, 8°. Schon 1574 hatte der gelehrte Simon Schard das Werk des Gnodalius in sein grosses Sammelwerk: *„Histor. opus in tomos IV divisum, Basil. 1574"* aufgenommen; es steht hier Tom. II, p. 1031—1103. Bald nach dem Erscheinen wurde es auch durch den bekannten Jacob Schlusser in's Deutsche übersetzt und mit Erklärungen versehen, erschien es im Jahre 1573 in Folio unter dem Titel:

> „Der Peurisch und Protestirende Krieg etc."

Von den genannten ist natürlich der Originalabdruck von
1570 vorzuziehen, er enthält auch allein die ziemlich lange
epistola dedicatoria, die uns sowohl über den Verfasser selbst als
über die Entstehung der Schrift die einzige Auskunft giebt.
Der leichten Orientirung wegen ist auch ein ziemlich genauer
„index rerum et nominum“ vorausgeschickt. Der Stoff selbst ist in
5 Bücher getheilt. Aber diese Ausgabe wie die von 1580 sind
äusserst selten; ich erhielt von der Heidelberger Universitätsbibliothek den ersten Druck von 1570 zur Benutzung. Eine Ver-
gleichung des Textes ergab, dass Schard ihn ohne jede Ver-
änderung in sein Werk aufnahm. Da der Schard'sche Text un-
gleich weiter verbreitet ist, will ich die Citate darnach geben.

Die Frage, welche Quellen Gnodalius benutzt, und wie er
sie verarbeitet, kann nur theilweise beantwortet werden. Nirgends führt er seine Quellen in erkennbarer Weise an, und das
Ganze scheint aus einem Guss geschaffen zu sein. Der Grund,
weshalb er nicht einmal seine Hauptquelle, Haarer namhaft
macht, ist nicht einzusehen. Er scheint darin dem Beispiele so
mancher Schriftsteller jener Zeit gefolgt zu sein. (Vergl. Georg
Voigt: die Geschichtsschreibg. über den Schmalk. Krieg. Abhandlg. d. phil. hist. Kl. d. Kgl. Sächs. Gesellsch. d. Wiss., Bd.
VI, S. 615).

Dreierlei Quellen lassen sich in dem Werke nachweisen:
Schriftstellerische Werke, Urkunden und private Mittheilungen.

Die Hauptquelle ist, wie schon erwähnt, Haarer, ja man
kann sagen, dass Haarers Werk in's Lateinische übertragen
worden ist.

Die Benutzung des Stoffes ist so vertheilt:

Sch. Tom. II, p. 1932—36, H. Cap. 1—10.
„ „ „ „ 1044—48, „ „ 10—19.
„ „ „ „ 1051, „ „ 20.
„ „ „ „ 1059—64 „ „ 21—54.
„ „ „ „ 1078—90 „ „ 55—79.
„ „ „ „ 1093—1102 „ „ 80—95.

Da Haarers Werk, als Gnodalius das seinige schrieb, noch
ungedruckt war, ist es höchst wahrscheinlich, dass Gnodalius

eine Abschrift durch die Vermittelung Schards empfing. Ueberhaupt war Haarers Werk damals noch völlig unbekannt, die Abschrift wies vielleicht nicht einmal seinen Namen auf, was das Schweigen des Gnodalius über ihn erklären mag. Die lateinische Uebersetzung (Crinitus) hat Gnodalius nicht gekannt.

Neben der sehr oft wörtlichen Uebersetzung Haarers finden sich bei Gnodalius doch hier und da Abweichungen, die uns sein kritisches Suchen erkennen lassen.

Um eine Verunstaltung der Eigennamen fern zu halten, behält er die deutsche Bezeichnung bei, und namentlich kann dieses bei Personennamen gelten. Abweichungen sind sehr selten, wie z. B.:

H. Cap. VI, Bieberach — Gnodalius p. 1034 Eisna.

Was hier unter Eisna zu verstehen ist, bleibt unklar. Jedenfalls irrt hier Gnodalius, Bieberach ist hier jedenfalls das Richtigere. Vergl. Sleidanus, Comm. Argent. 1556, p. 67.

H. Cap. XI giebt richtig den Schüpfergrund, ein Thal des Odenwaldes an, während Gnodalius dieses in den Schwarzwald verlegt.

H. Cap. XIV, Flein, — Gnodal. p. 1045 Bockinga. Auch hier irrte Gnodalius. Vergl. die Berichte von Augenzeugen bei Jäger, Gesch. der Stadt Heilbronn, 1828, Bd. II, S. 25.

Von chronologischen Abweichungen habe ich nur zwei Beispiele gefunden.

H. Cap. 9 wird erzählt, dass Georg Truchsess erst am 17. April wieder aufgebrochen, während doch nach H. Cap. 8 Georg gleich am nächsten Tage nach der Schlacht von Wurzach (14. April) die durch die Nacht verhinderte Verfolgung fortsetzen wollte. Bei Haarer bleibt der Zeitraum vom 15—16. unausgefüllt, während Gnodalius in Uebereinstimmung mit Thomas Zweifels Bericht den 15. April angiebt, wodurch die Handlung nicht unterbrochen wird.

Nach Haarer verlässt der Rottenburger Haufen am Mittwoch nach Quasimodogeniti die Stadt Aub (26. April). Richtiger giebt Gnodalius den Montag an (24. April). Vergl. H. Cap. 21, Gnod. p. 1051.

In den übrigen Zeitangaben stimmt Gnodalius mit Haarer überein, auch bedient er sich durchgehend des christlichen Kalenders.

Hier und da finden sich bei Gnodalius an Stellen, wo er Haarer übersetzt, kleine Zusätze, die zur besseren Orientirung dienen. So erwähnt Gnodalius bei der Zerstörung des Schlosses Neuenstein, dass die Grafen Albrecht und Georg von den Bauern einen mit einer pfälzischen Münze besiegelten Geleitsbrief empfangen hätten. Vergl. Gnod. p. 1045. Haarer Cap. 13 schweigt davon.

H. Cap. 25—26 handelt über den Vertrag des Bischofs von Speier mit den Bauern. Gnodalius fügt noch hinzu:

„Id quod tamen non tam per ipsos (scil. rusticos) quam cives Spirenses effectum est, qui clericos omnes eo adegerunt, ut transactionis utriusque antea factae publica instrumenta edere cogerentur civesque accepta, avulso sigillo, statim dilacerarunt: sed Palatino post intercedente renovarunt, oneribus quibusdam, quae non iniqua censentur, clero impositis.“

Gnodalius benutzte hierzu den Kanzleibericht Haarers in ausführlicher Weise. Vergl. Seite 26.

H. Cap. 62 werden die hauptsächlichsten Führer des schwäbischen Bundes genannt. Gnodalius fügt auch noch die Namen der Hauptführer des kurfürstlichen Heeres: „Leonhard von Schwarzenburg, Graf Eberhard von Erbach und Wilhelm von Habern“ hinzu.

Bisweilen verkürzt Gnodalius den Bericht Haarers. Vergl. Haarer Cap 64—66 = Gnod. p. 1082—83. H. Cap. 16 = Gnod. 1046. H. Cap. 30—32 = Gnod. p. 1056. Bei allen diesen Verkürzungen weiss Gnodalius stets die zu ausführliche Darstellung Haarers auf das rechte Maass zurückzuführen.

Sehr wichtig und den Werth des Buches erhöhend sind die eingefügten Urkunden.

Zuerst gehört hierher die genaue Inhaltsangabe der 12 Artikel, in denen ja die ganze Bewegung ihr Programm entfaltete. Gnodalius benutzte diese Artikel in der genauen Fassung, wie wir sie in den Chemn. Mat. Lief. I, S. 7—13 finden. Sein Auszug ist viel ausführlicher als der Sleidans und nur der erste Artikel ist wörtlich aus Sleidan entlehnt. Die oft gleichen Ausdrücke machen es wahrscheinlich, dass Gnodalius immer den Text Sleidans neben der deutschen Urkunde zur Hand hatte. Dabei entscheidet er sich nicht für einen bestimmten Verfasser der Artikel, weist aber mit Recht Thomas Münzer und Christoph Schappeler als solche zurück.

Hieran reiht sich nun ein Auszug aus der Schrift Luthers:

> „Ermahnung zum Frieden auf die 12 Artikel der Bauerschaft in Schwaben.“

Derselbe ist wörtlich aus Sleidan entlehnt. Nur der überleitende Gedanke ist etwas ausführlicher ausgedrückt. Er erwähnt noch die Schrift Melanchthons:

> „Eyne schrifft Philippi Melanchthon wider die Artikel der Pawerschafft.“
>
> *„Hic pie, erudite et placide quatenus Rusticorum postulata Verbo Dei et aequitati consonent, ostendit, Principes ad vehementiorem subditorum tractationem cohortans.“*

Hierauf geht Gnodalius, wie Sleidan zum Auszuge der Lutherischen Schrift über, doch folgt bei ihm zuerst die Anrede an die Bauern und dann die an die Fürsten.[10]

Von p. 1049—51 wird ein genauer Bericht über die Unterhandlungen des Bischofs von Mainz mit den Bauern gegeben. Hieran schliesst sich dann ein Auszug der Vertragsartikel des Abtes von Erbach mit den Bauern. Die Quellen des Gnodalius hierzu waren jedenfalls Kanzleiberichte und gute Abschriften der Urkunden selbst. Bei Jacob Schlusser, dem Uehersetzer des Gnodalius, finden sich dieselben in ausführlichster Fassung.

---

[10] Vergl. Sleidans lib. V, p. 76—81, und Gnod. p. 1045—49. Auffällig ist es, warum Gnodalius nicht auch den Gedankengang der Schrift Luthers: „Wider die mordischen und reubischen Rotten der Pawren“ aufgenommen, der sich ebenfalls bei Sleidan lib. V, p. 81 findet.

Am Ausgang des ersten Buches p. 1052 wird uns die Wahl des Florian Geyer und des Götz von Berlichingen berichtet. Hierbei nimmt der Verfasser Gelegenheit, das Entschuldigungsschreiben, welches Götz an die zu Schweinfurt versammelten Hauptleute des fränkischen Kreises (15. August) richtete, seinem Inhalt nach anzugeben. Er benutzte hier die Abschrift, die Götz wenige Tage später an den Bischof von Würzburg sandte. Die Urkunde selbst befindet sich in den Mergentheimer Acten. Ein Abdruck davon bei Oechsle, Beiträge zur Gesch. des Bauernkrieges S. 368—370.

Das ganze dritte Buch S. 1064—74 ist eine Uebersetzung der Schrift Melanchthons: „Histori Thome, des Anfengers der Döringischen uffrur, sehr nützlich zu lesen. Ermahnung des Philippsen Landgrave zu Hessen u. s. w. an die Ritterschaft trostlich anzugreyffen." Luth. opp. Germ. Lips. Tom. XIX, pp. 293—300.

Bekanntlich hat Sleidan in seinen Comentarien diese Schrift auch benutzt. Gnodalius sagt in der *epist. dedic.*, dass Sleidan eine Beschreibung des Münzerischen Aufstandes *„ad verbum fere historiae suae inseruit"*, doch nennt er ihren Verfasser nicht. Gnodalius benutzte beide Schrifteu. Alle Stellen, die Sleidan übersetzt, nahm Gnodalius in seinen Text auf. Wie genau er es aber mit dem deutschen Texte nahm, erkennt man daraus, dass er eine etwas starke Bemerkung über die katholische Messe mit aufnahm, obwohl sie sich bei Sleidan nicht findet.

> *„Et quemadmodum Deus Phineam quondam collaudavit, quod adulterium a Cosbi commissum puniisset sic etiam im missicularum scortatione et incesta libidine punienda secundum eventum nobis dabit."*

Wahrscheinlich scheute sich Sleidans schwankender Character vor solcher Bemerkung.

Am Ende des vierten Buches p. 1084—91 wird abweichend von Haarer die Dämpfung des Aufstandes in der Gegend von Würzburg, Ansbach und Bamberg geschildert. Es war mir nicht möglich, die Quelle des Gnodalius für diesen Bericht aufzufinden.

Vielleicht benutzte er die Ansbacher Stadtacten, II, 88, 99, 100, 102, 103. Vergl. Zimmermann Gesch. des Bauernkrieges III, S. 836.

Ebensowenig habe ich die Quelle zu dem Berichte über die Aufstände in Tirol und Salzburg (Gnod. p. 1090—93) finden können. Jedenfalls ist diese in der III. Lief. der Chemn. Mat. enthalten.

Die von 1097—99 reichende Inhaltsangabe der Frankfurter Artikel fertigte Gnodalius auf Grund des Originals, das er durch Simon Schard erhielt. Von ihm erhielt er auch den Bericht über die Landtagsverhandlungen, die am 26. September zwischen Ludwig und seinem Adel in Heidelberg gepflogen wurden. Vergl. Gnod. p. 1102—3.

Wir wissen aus der *epist. dedic.*, dass Schard viele seltene Urkunden besass, die er Gnodalius bereitwillig zur Benutzung übergab. *„Qui cum natura sua minus ad studia historica quam iuridica feratur et non contemnenda de rebus monumenta habeat pleraque de hoc motu rustico nondum publicata mihi petenti humanissime communicavit ita ut ex iis actis qualiscunque historiola confici posset."*

§ 2.

Werth der Schrift und Standpunkt des Verfassers.

Allerdings hat des Gnodalius Werk nur einen relativen Werth, da er ja zum grossen Theil auf Haarers Schultern steht. Doch möchte ich nicht gerade das Urtheil Rankes über Gnodalius unterschreiben, der nur dem Werke Haarers einen gewissen Werth zuschreibt. Ueberhaupt muss man bei der Beurtheilung beider Schriften die Motive berücksichtigen, die die Verfasser leiteten. Haarers Schrift ist eine Tendenzschrift, die nur warnen und abschrecken will. Wir finden in ihr die nackte, allerdings auf guten Quellen beruhende Erzählung der Thatsachen. Jedes Raisonnement liegt ihr fern.

Gnodalius ist hingegen, wenn ich für jene Zeit den Ausdruck gebrauchen darf, Historiker von Fach. Er prüft das Quellenmaterial und fragt nach Grund und Folge der Thatsachen. So urtheilt er ganz richtig über die Entstehung des Bauernkrieges. Seiner Ansicht nach lag der Keim in der socialen Gährung, die Hand in Hand mit der politischen und kirchlichen gegangen, bis alle drei im Anfange des 16. Jahrhunderts zum Ausbruch gelangten. Auch war ihm ein rechtes Urtheil eher möglich, denn als er sein Werk schrieb, lag das Ereigniss schon in einer gewissen Entfernung. Verworrene Ansichten, die der unmittelbare Eindruck hervorgebracht hatte, waren zu seiner Zeit schon mehr und mehr einer nüchternen Auffassung gewichen. Auch ist sein Streben nach Vollständigkeit in der Darstellung lobend anzuerkennen, wenngleich er auch hierbei nicht immer die rechte Ordnung und Folge der Ereignisse einzuhalten weiss, so dass oft sein Werk ein buntscheckiges Aussehen hat. Er wird hierdurch sehr oft zu Uebergängen wie: *ut supra dixi, ut infra dicatur etc.* genöthigt. Im Gegensatz dazu steht die Sprache, sie ist stets klar, einfach und ruhig. Die verschiedenen Stoffe, die in dem Werke vereint sind, gleichen dem unebenen Grunde eines Flusses, über welchen dann die Sprache, dem ruhig dahingleitenden Flusswasser vergleichbar, ihren Lauf nimmt. Seine Diction hat die grösste Aehnlichkeit mit der Sleidans und wie jener sich hierin Caesar zum Muster genommen, so auch Gnodalius.

Sodann trug des Gnodalius religiöser Standpunkt viel zu einer richtigen Beurtheilung bei. Er war ein Anhänger der neuen Lehre. Mit Entschiedenheit trat er gegen die Ansicht auf, als ob der Krieg durch die Reformation hervorgerufen sei, eine Meinung, die fanatische Katholiken wie Cochlaeus und Faber in ihren Schriften zu begründen suchten.

> *„Causa vero eius non eadem refertur ab omnibus. Pontificiae namque religionis assectae ac inter hos maxime Cochlaeus et Faber in scripstis contra Lutherum editis huic omnis mali culpam imputant, qui sua doctrina credulam et imperitam Rusticorum turbam ac suapte sponte ingenio mobilem rebusque intuentem ad seditionem concitarit eamque in clerum primo mox in principes seditiosos inflammarit."*

Als Gegenbeweis und zur Rechtfertigung Luthers führt er Folgendes an:

„Ac Lutheri quidem doctrinam hac vana calumnia cum eius scripta adversus latrocinantes Rusticorum cohortes cum reprehensione et objurgatione seditionis gravissima edita, tum quoque seditiones liberant, quae non dicam, ante nativitatem ipsius diversas nationes pervagatae fuerunt."

Recht wohl hat er ein Herz für die unterdrückten Bauern. Er erkannte ihre zum Theil gerechten Forderungen. *Rusticis hoc non obscure invenientibus rebellionis factae causam clericorum exactiones, rapacitates praefectorum et novas aedes, quibus in emungenda misera plebecula uterentur esse.*

Nur das Vorgehen der Bauern tadelt er und verabscheut ihre Gräulthaten.

§ 3.

Uebersetzungen und Benutzungen.

Gleich bei seinem Erscheinen machte das Werk Aufsehen und drei Jahre später erschien eine deutsche Uebersetzung unter dem Titel:

„Der Peurisch und Protestirende Krieg, das ist historischer Bericht der Bewrischen empörungen und aufruhr u. s. w., zuvor in lateinischer sprach durch Petrum Gnodalium beschrieben, jetzt aber in das Teutsch gebracht und an etlichen öhrtern vermehrt durch Jacob Schlussern von Suderburg." Basel 1573, Fol.

Ich benutzte das Exemplar der Leipziger Universitätsbibliothek.

Der Uebersetzer hielt sich nicht immer, wie er selbst sagt, sclavisch an den Text des Gnodalius, sondern führte ihn hier und da aus. So giebt er denn den vollen Inhalt der 12 Artikel, ferner den Vertrag der Bauern in Lupfen mit ihrem Herrn Siegmund und zwar stimmt der Text genau mit dem erwähnten

Bruchstück der Chemn. Mat. überein. Auch der Vertrag des Bischofs von Speier wird genau angegeben.

Ueberall, wo Gnodalius entweder wörtlich oder doch zum grossen Theil mit Haarer übereinstimmt, nimmt Schlusser den Text Haarers in wortgetreuer Fassung auf. Vergl. Cap. 12, 14, 20, 22. Jedenfalls benutzte Schlusser dieselbe Handschrift von Haarers Werk, die Gnodalius benutzt hatte. Auch an Stellen, wo Haarer und Gnodalius auseinandergehen, folgt Schlusser Haarer. So hat er nach H. Cap. IX den 17. April, wo Gnodalius den 15. April annimmt.

Das Ansehn des Gnodalius hatte sehr bald Haarers Werk in den Hintergrund gedrängt, bis Strobel in seinen „Beiträgen zur Litteratur des 16. Jahrhunderts, 1786" auf dasselbe hinwies.

Doch auch bei ihm nimmt noch Gnodalius die erste Stelle ein, wahrscheinlich war ihm das Verhältniss beider Geschichtsschreiber unbekannt.

G. Sartorius, „Versuch einer Geschichte des deutschen Bauernkrieges," Berlin 1795, 8⁰, ist weiter nichts, als eine ausführliche Inhaltsangabe von dem Werke des Gnodalius, nur sind hier die Ereignisse besser nach ihrem Zusammenhange geordnet.

Auch Bensen, „Geschichte des Bauernkrieges in Ostfranken," Erlangen 1840, 8⁰, führt sehr oft den Text des Gnodalius wörtlich an.

CAP. III. LEODIUS.

Leodius ist der einzige von diesen drei Schriftstellern, über dessen Leben wir einige sichere Notizen haben. Er selbst hat uns diese in einem seiner Werke gegeben:

Annales de vita illustrissimi principis Friderici secundi Comitis Palatini Rheni, Ducis Bavariae, Sacri Romani imperii Archidapiferi et Principis Electoris.[11])

Leodius giebt in dieser Schrift ein Bild von dem Leben und Wirken des Pfalzgrafen Friedrichs II, des nachmaligen Kurfürsten, in dessen Diensten er stand. Dabei findet er Gelegenheit genug, diese und jene Notiz über seine eigenen Verhältnisse beizufügen.

Thomas Hubertus stammt aus Lüttich, daher sein Beiname. Ueber sein Geburtsjahr ist uns nichts überliefert, doch habe ich dasselbe nach einigen Angaben in der erwähnten Schrift sehr leicht berechnen können und das Jahr 1497 gefunden. Er muss um 1513 ausgewandert sein. In demselben Jahre erhielt er eine Anstellung am Kammergericht zu Worms. Hier blieb er bis 1520, wo er in die kurfürstliche Kanzlei kam. Zwei Jahre war er hier thätig, bis er 1522 zum Secretär Friedrichs II berufen wurde.

In das Jahr 1520 fällt seine Verheirathung. Er muss in seiner Jugend einen sehr tüchtigen Bildungsgang durchgemacht haben, davon giebt sein schriftstellerisches Talent und seine ehrenvolle Berufung den besten Beweis. Von 1522—44 reicht seine diplomatische Thätigkeit. Während dieser Zeit finden wir ihn bald in unmittelbarer Nähe seines Herrn, bald in Spanien und in anderen Ländern für Friedrich thätig. Zwischen ihm und Friedrich bestand das intimste Verhältniss, das 1544, als

---

[11]) Benutzt wurde von mir der erste Druck aus dem Jahre 1624, den ich aus der Heidelberger Universitätsbibliothek entnahm.

Friedrich die Kurwürde erlangte, aus unbekannten Gründen gelöst wurde. (Vergl. Ann. lib. XIII, p. 286.) Anfangs hatte er unter den bescheidensten Verhältnissen gelebt, seine Stellung bei Friedrich hatte diese verbessert.

Sein Tod erfolgte wahrscheinlich im Jahre 1556.

Ich will jetzt versuchen, die Werke des Leodius, soviel mir bekannt geworden, zusammenzustellen Ich beginne mit den geschichtlichen:

1) Die schon erwähnten *Annales Frid. II.*

2) *De Francisci a Sickingen rebus gestis.*

3) *Seditionis Rusticae per Sueviam exortae excitatae et principium virtute repressae anno MDXXV, historiola ipso tempore scripta a Huberto Thama Leodio, Principis Ludovici Palatini Electoris Consiliario et Secretario.*

Hieran schliessen sich einige Schriften antiquarischen Inhaltes:

4) *De aedificiis illustrissimi Palat. etc.*

5) *De Heidelbergae antiquitatibus.*

6) *Chronicon breve civitatis Heidelbergae.*

7) *De Tungris et Eburonibus aliisque inferioris Germaniae populis Huberti Thomae Leodii commentarius, utilis omnibus, qui Caesaris de bello Gallico historiam recte intelligere cupiunt.*

Die Schriften unter 4, 5, 6, sind von sehr geringem Umfang und Werth. Sie befinden sich mit den Annalen gewöhnlich in einem Bande abgedruckt. Die unter 7 erwähnte Schrift ist von ziemlich grossem Umfange und enthält manches Brauchbares. Ich erhielt von der Wolfenbüttler Bibliothek die älteste Ausgabe. Sie wurde 1547 zu Strassburg gedruckt, 8°. Einen besonderen Werth für unsre Abhandlung hat nur die Geschichte des Bauernkrieges.

Freher gab dieses Werk 1600 zum ersten Male heraus und zwar nach einem Manuscript, das er dem Sohne des Leodius verdankte. [12]) In der durch Struve besorgten Ausgabe von Frehers Sammelwerk (1717) steht es Tom. III, p. 284—94. Einen Separatabdruck habe ich nicht gefunden.

Schon der äussere Umfang der Schrift zeigt, dass wir es mit einer ganz kurzen Darstellung zu thun haben. Leodius selbst sagt, dass er nur ein kurzes Summarium von Haarers Werk geben wollte. Er nennt es deshalb auch nur *historiola*. Der Zweck, der ihn bei der Abfassung leitete, war, dem Auslande eine kurze Darstellung des Krieges zu geben. Für die geschichtliche Forschung hat es nicht den geringsten Werth. Die kleinen Zusätze sind unwesentlich. Ueberhaupt beschränkt sich Leodius auf die ersten 50 Capitel von Haarers Werk.

Allerdings macht der Anfang den Eindruck, als hätten wir eine sehr ausführliche Darstellung zu erwarten. Pag. 289 scheint der Satz: *fuere autem (scl. articuli) minus modi* darauf hinzuweisen, dass im Manuscript die 12 Artikel standen, die dann im Drucke aus irgend welchem Grunde weggelassen wurden. Auch ihm gilt Thomas Münzer als Verfasser derselben. Einige Beachtung verdient der Schluss des Werkes. Hier wird in Vergleich zu Haarers Bericht ziemlich ausführlich der Aufstand in Baiern erzählt. Auch werden die zwischen dem Herzog Friedrich und der Bauernschaft stattgefundenen Verhandlungen ihrem Inhalte nach angegeben. Dieser Bericht ist aus dem Schreiben entnommen, das Friedrich an seinen Bruder Ludwig richtete. Vergl. die Acten des kurfürstlichen Archivs.

Auch bei ihm finden wir, abweichend von seiner sonstigen Gewohnheit, die Latinisirung von Eigennamen, wodurch viele Undeutlichkeiten entstehen.

So schreibt er statt Beyersfurt (H. Cap. VIII) Beyerfindius.

H. Cap. XI Georg Metzler — Leod. Georgius Lanius.

H. Cap. XXXIX Pfeddersheim — Leod. Petra sana.

H. Cap. XLIV Philipp von Nassaw — Leod. Comes de Anaxone.

---

[12]) Vergl. Freh. III, p. 284. *Hanc historiam aeque Jano Julio Huberti Thomae filio se debere profitetur Freherus.*

Alles, so auch der Stil (Struve nennt denselben *parum elegans et horridus*) deuten darauf hin, dass wir es mit einer Jugendarbeit zu thun haben, die im schroffsten Gegensatz zu den übrigen späteren Schriften steht.

Abgefasst wurde sie am Ausgange des Jahres 1525. Vergl. dedic. Freher II, p. 289.

V i t a.

Natus sum OSCARUS LEOPOLDUS SCHAEFER die XIX mensis
Februar anno h. s. L in oppido, cui nomen est Schkeuditz, patre
FRIDERICO architecto, matre HENRIETTA, quos parentes adhuc
vivos grato pioque animo veneror. Fidem confiteor evangelicam.
Quindecim annos natus praeceptore usus domestico HALAS me
contuli, ubi THEODORO ADLER illustrissimo viro rectore elementis
literarum imbutus sum. Testimonio maturitatis instructus anno
LXXI h. s. Academiae Lipsiensi adscriptus sum, ubi per tres
annos studio philologiae me dedi, praecipue disciplinis historicis
praeceptore GEORGIO VOIGT clarissimo, doctissimo, humanissimo
viro, praeter eum autem GEORGIO CURTIO, FRIDERICO RITSCHELIO,
LUDOVICO LANGE, CAROLO BIEDERMANN viris doctissimis et maxime
reverendis summas debeo gratias. Haud opportune accidit, quod
secundo studiorum anno academicorum coactus sum stipendia
facere. Quae res me in studiis persequendis retardavit.